バナナタニ園

谷郁雄・詩

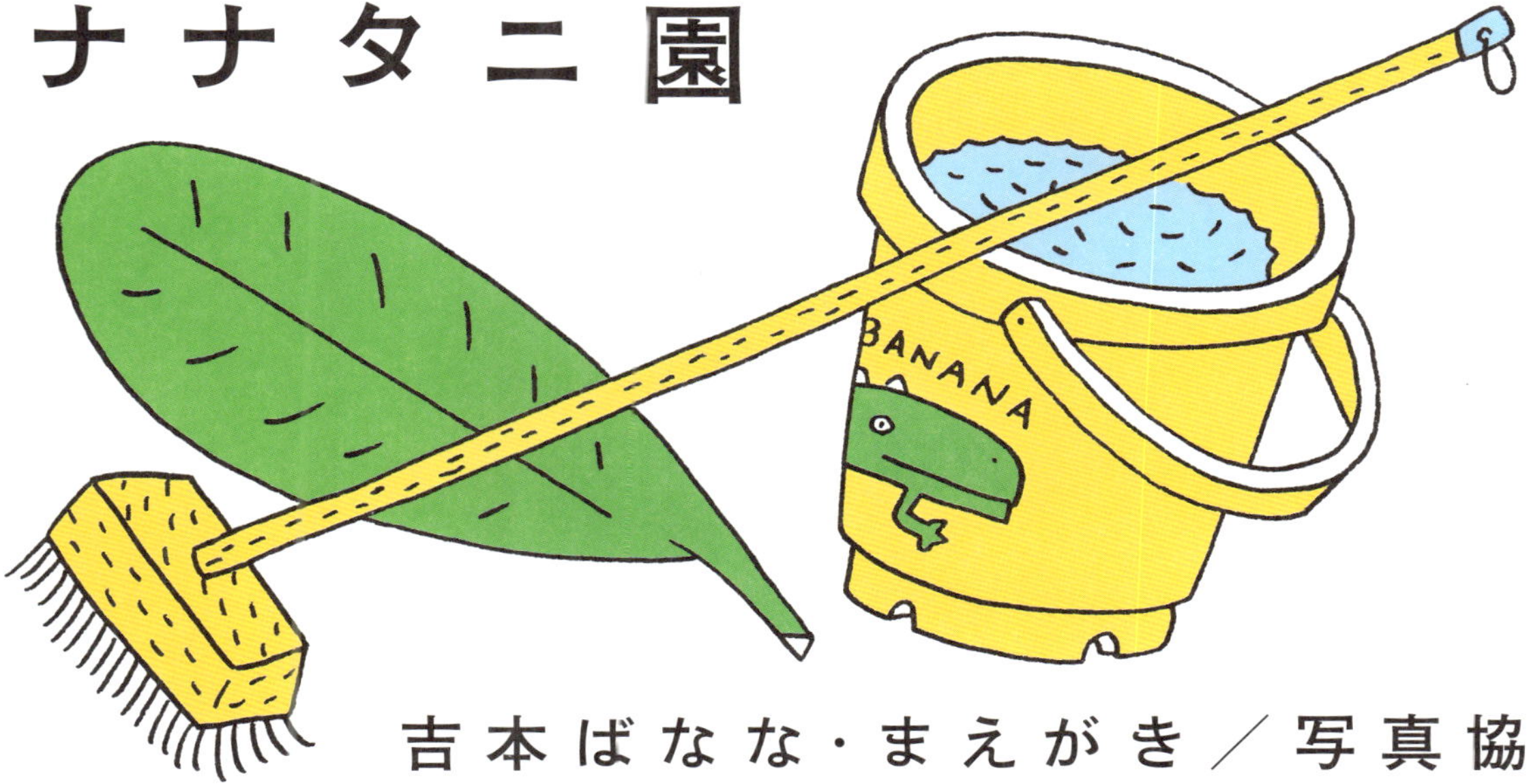

吉本ばなな・まえがき／写真協力

もくじ

谷さんの言葉たち

　谷さんにはあまり何回も会ったことがないんだけれど、彼の詩を長い間ずっと読んでいるので、深いところでなんとなくわかったような気持ちになっている。

　私たちが子どもの頃に思っていたいちばん大切なこと、大人には見えなかったけれど自分にはよく見えていたことが、そのままの形で保存されて谷さんの詩の中には入っている。

　それは、いろいろなことを経験してもう変わってしまった心で「よし、今だけ思い出してちょっと取りだそう」と思ってもできることではない。

　人は静かでいてもいい、人に親切であってもいい、でもそれを押しつけがましく表現しなくてもいい、心の底にそっと持っていて、ある日伝わったらじんわりと嬉しく思ったっていい。売り込まなくてもいい、ただそこにいるだけでなんとなく周りが温かい気持ちになるような生き方をすることを、いちばんの目標にしたっていい。

　そういうことが谷さんの世界ではとても深いところで許されているように思う。


　これは売れるんじゃ、じゃあ前面に押し出していきましょう！

　これは人目につきやすいんじゃ、それならもっと派手にしましょう！

　あの人はとてもきれいな人だね、よし、芸能界デビューさせましょう！

　これをずっとだいじに持っていたんですけど、おお、売ったらきっと数百万になりますよ、すぐ売りましょう！お別れの言葉なんて交わしているひまはありません！すぐすぐ手放して！

そんなことばかりの今の世界で、お金だけに矢印が向いていない谷さんの頭の中を見せてもらうことは、とても幸せなことだ。

自分の大好きなものとかわいくてどうにも手放せないものだけがあり、好きな人だけが住んでいる清潔な家の中で、特別そのことに大騒ぎするでもなく、いただいたおいしいお菓子を食べて、ていねいにいれたお茶やコーヒーを飲むような感じがする。

黙っていてもいいじゃない、そっとしておいてもいいよ、大げさな声で世界に感謝を叫ばなくてもいい。

だって、僕はここにいるから。それがいちばん悲しくていちばん幸せなことなんだ、しかもそれをとても小さな声で話し合ってもいいじゃないか。

そういうことを言ってもらっている気がする。

谷さんの言葉に無心で触れていると、たまに小さな涙の粒が出ることがある。こう思ってもいいんだ、そういう涙だ。それは作り物では決して湧いてこないきれいな水なのだ。

谷さんは私がいろんなところで撮ったてきとうな写真をこの本に使ってくれるというのですが、写真は素人だからあくまで「協力」とさせていただきました。国内外のめずらしい場所が写っているスナップ写真としてしかお役に立てていないと思います。

それでも私の心が谷さんの詩に寄り添っているのと同じ分量で、私の写真は彼の世界に寄り添っていると思います。

吉本ばなな

星座

いつも
どこかで
誰かが誰かのことを
思っている

人は一人で
生きられないから
一人ひとりの
小さな光を集めて
大きな星座を作り

この
寂しい宇宙の
暗闇の中で
生きてゆく

互いの光で
照らし合い
励まし合って
迷子の星が
生まれないように
見守り合って

サッカー

全力で
一日を押してゆく

木も
虫も
人も

地球という
大きなボールを
少しずつ
前に向かって
転がしてゆく

宇宙という
無限の
寂しい野原の上を

くちぶえ

誰かが
くちぶえ吹きつつ
歩いてゆく

ぼくが
よく知っている歌
昔のアニメの
テーマソングだ

くちぶえの
上手なその人も
同じ時刻に
テレビにかじりつき
この世の悪と
戦っていたのだ

お母さんが作る
カレーの匂いが
ほのかに漂う
夕暮れ時の
小さな家の中で

ゲ ー ム

学校からの
帰り道
友達と
不幸の比べっこをした

あまりにも
普通で
幸せすぎる
自分たちを
確認するゲーム

卒 業 式

いやいや
着ていた
この制服も

明日から
着られなくなる

心の準備も
できてなかったのに
季節だけが
変わってしまった

制服さん
お世話になりました
未熟な私を守ってくれて
ありがとう

旅立ち

ある朝
サナギは
もぬけの殻

どうやら
無事に
旅立ったらしい

一目

蝶になったところを
見たかった
ひらひらひら
空へと飛び立つ姿も

名前をつけるのを
忘れたけれど
名無しこそ
自由の証

旅立ちにふさわしい
どこまでも青く
透明な
今日の空

ぼくの木

あなたの家の
庭の木は
ずいぶん大きいですね
てっぺんが
空に刺さってますよ

道行く人に
よく
そう言われる

けれど
この木が
チビだった頃のことは
誰も知らない

ずっと
そばにいて
見守り
励ましてきた
このぼく以外は

いやなこと

いやなことの
すき間に
ときどき
いいこともある

けれど
いつ
どこで
いいことに出会えるのか
分からない

いいことへと
導いてくれるのは
いつも
いやなこと

隠し味

悲しみは
喜びの隠し味

だから
悲しみも
捨てないで
心の引き出しに
しまっておくといい

喜びの
隠し味として
役立てるために

メ　ー　ル

怖くても
つらくても

悲しみや
不安から

目を
背けてはいけない

BANANA TANI

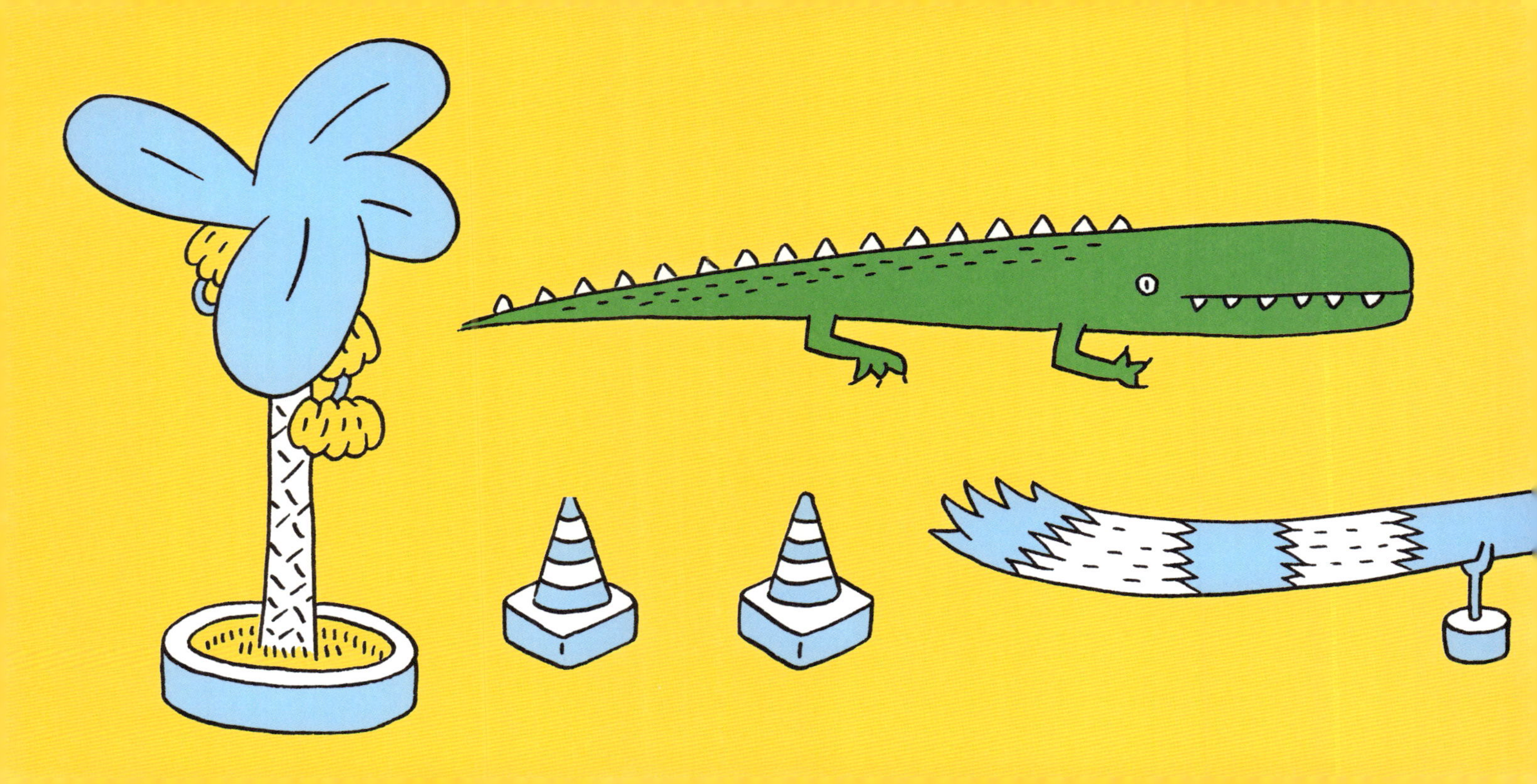

大切な
自分の一部なのだから

受信ボックスに残る
在りし日の母のことば

私

私から
カラダを引いたら
ココロが残ります

私から
ココロを引いたら
カラダしか残りません

足してみても
引いてみても
私という謎が
割り切れない
数字のように残ります

約 束

ふわふわと
空へと
昇っていきそうな心を
地上に
つなぎとめているのは
一週間後の
小さな約束

仕事

悩み多き
地上の人々に
そっと近づき

一人ひとりに
勇気と
希望のコトバを
授けて歩く

影を
光へと転じる
天使の仕事

ありと
あらゆる場所で
彼らは
人を励ましている

ときどき
間に合わないことも
あるけれど

休 息

自分が
死んだことにも
気づかないくらい
生きることに忙しかった

あなたは
いまも
気づいていないと思う
世界が
あなたぬきで
動いていることに

忙しさを
喜びに変えて
汗をかき
働きづめに働いて
あなたは
いまやっと
自分が苦手とすることを
学び直している

ゆっくり
休息するということを

遠い場所

いつも
乗る駅
降りる駅

けれど
途中の駅にも
いつか降りてみたい

そう思いつつ
今日もまた
ただ通過するだけ

それは
すぐそばにある
遠い場所

人の命

朝夕の
駅のホームに
あふれる人

つい
思ってしまう
人の命の軽さ

一人くらい
いなくなっても
気づかれない

ぼくも
その一人

もっと
気楽に
生きてみようか

乗り換え

電車が
暗い世界へと
行きそうなときは

途中の駅で
ちがう電車に
乗り換えよう

そこで
気持ちを
きっぱり切り替えて
心の窓から
光を取り入れよう

夕日

スマホ以外
何も
見ようとしない人たちに

みなさん
ほら
夕日があんなに
きれいですよと
教えたい気持ちを

じっと
がまんする
寂しさ

結 末

遠くから
眺めた隅田川
光をキラキラ反射して
銀河のように美しかった

近づいて
見つめた隅田川
投げ捨てられた
タバコの吸い殻とか
ペットボトルが浮かんだ
ただの汚れた水だった

ぷかぷか漂う
ゴミの波間に
終わった恋の
結末を投げ捨てた

雑踏

花は
世界に向かって
見開かれた目

やっと
咲き始めた
我が家のランの花は

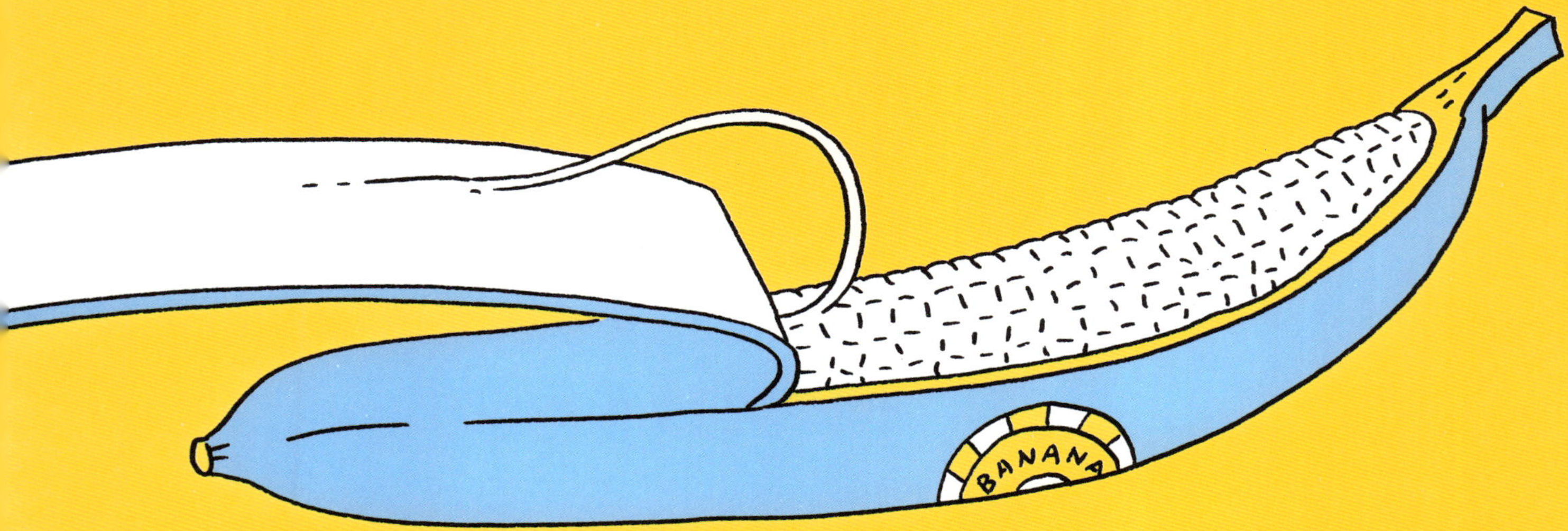
BANANA

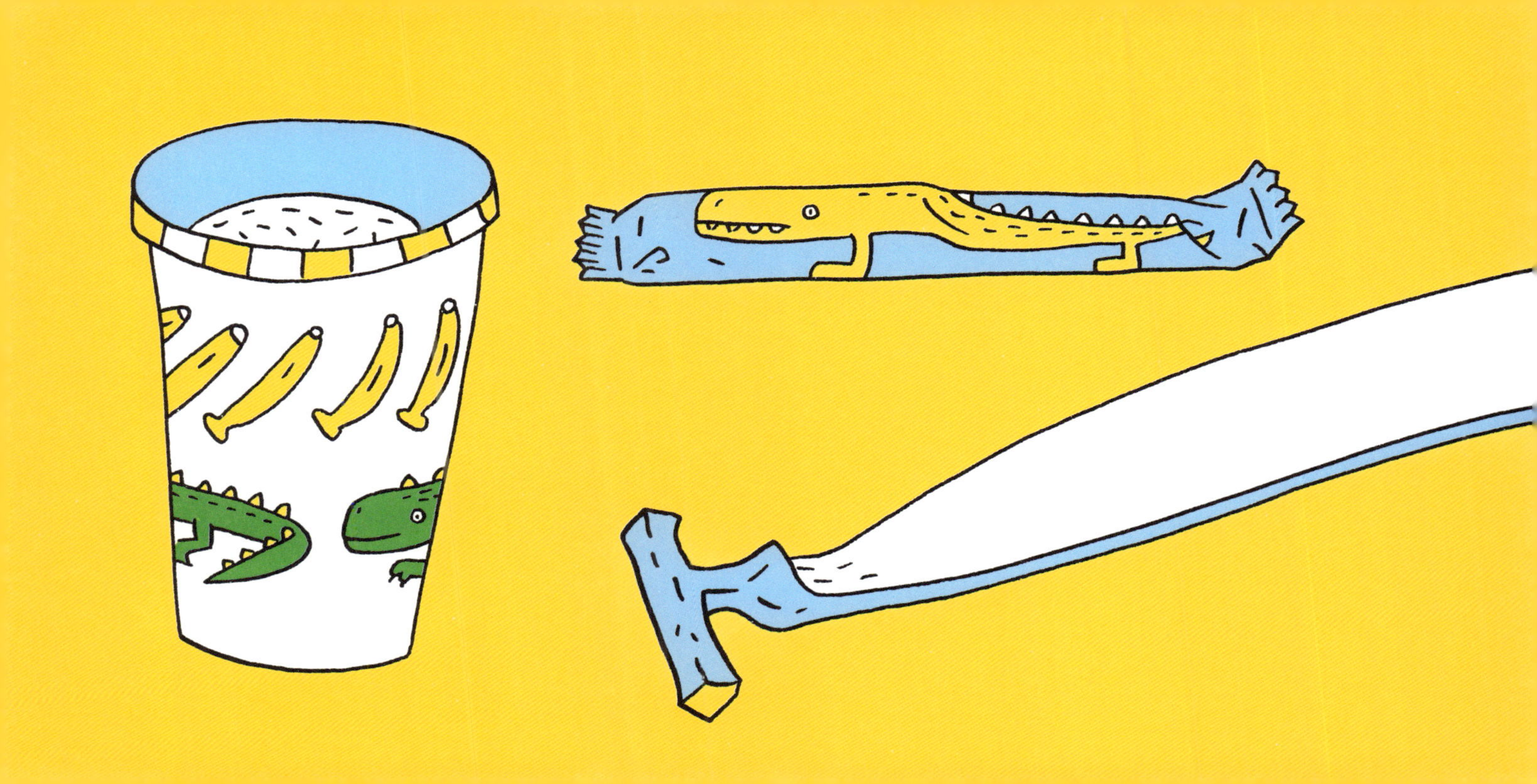

首をかしげて
ぼくらの会話を
聞いている

地下鉄の話
カフェや
駅のトイレや
人でごったがえす
雑踏の話

聞きながら
思っている

街に出て
「雑踏」とやらを
一目見てみたいと

草原

都会の
人込みを
歩き回り

自分の小さな部屋に
帰りつき
靴下を脱ぎ捨てたら

部屋が
光と風の
草原になった

上り坂

ずっと
上り坂ばかり
歩いてきた

平坦な道など
この世の
どこにもなかった

下り坂でさえ
実は
上り坂だった

けれど
その上り坂は

ぼくの大好きな
あの空へと
まっすぐ続いている

同じ空

一人ひとり
バラバラに
生きているようでも
どこかでつながり
世の中を動かしている

たとえば
下町の小さな工場で
あなたが作った
2Bの鉛筆で
ぼくは毎日
詩を書いている

あなたは
そんなこと
知らないで
毎日
鉛筆を作り続ける
仕事のあとの
缶ビールを楽しみに

あなたと
ぼくは
同じ時代に生きながら
一度も
出会うこともないだろう

ふと
子供に戻って
同じ空を
見上げることが
あるとしても

気づかないふり

いじわるな人だと
思っていたけど
そうじゃなかった

心の根っこは
やさしい人だと
初めて知った

根っこのやさしさを
誰にも知られないように

頑張って
いじわるな人を
演じていたのだ

だから
ぼくも頑張って
気づかないふりを
続けよう

影と太陽
ープリンスの死に

影を見て
ぼくは
太陽を知る

彼の死は
小さな影
けれど
彼が生きた生は
はるかに大きな
太陽だった

自宅の
エレベーターの中で
発見されたとき
彼はすでに
燃え尽きて
物言わぬ灰と化していた

忘却

よく知っている
その人の名前が
思い出せないのは
年のせいか

しばらく
話していても
思い出せなくて
その場から
逃げ出したい気分

よく知っている
その人が
ぼくの名前を言わずに
「あなた」と言った
うしろめたそうに

なんだ
あなたも
忘れてしまったんだ
ぼくの名前

たそがれ

もう
たそがれですねと
あなたは言った
かすかに
悲しげな笑みを浮かべて

まだ
たそがれですよと
ぼくは答えた
美しい夕焼けも
見られるし
そのあとには
人と人を親密にする
長い夜も待っています
夜空には
星たちも輝くでしょう

朝も
昼も
すでに
遠い出来事
美しい思い出

年老いた少女と
年老いた少年の
目の中に
いま
一番星が瞬きはじめる

限りある
この世の旅

いつまでも
死なずに
生きていたとしたら

はかなくも
美しい
この一分も
この一日も
輝きを放たない

どこまでも
終わりなく
旅が続くとしたら

旅に疲れ
目覚めることが
苦痛でしか
なくなるだろう

いつか
どこか
終わりを知らずに
限りあるこの世の旅を
続けよう

小さな変化も
見逃さず
感じ取る
しなやかで
鋭敏な心を武器に

BANANA
TANIEN

いまから帰るよ

この世は
小さな奇跡の
大きな集合体

生きることは
せつなくて
せつなくて
せつなすぎて

ふと
立ち止まる
道の途中に
人生の落とし穴

なんとか
よけて
また先へと
歩き出す

いまから
帰るよ
いますぐ
帰るね
まっすぐ
帰りたい

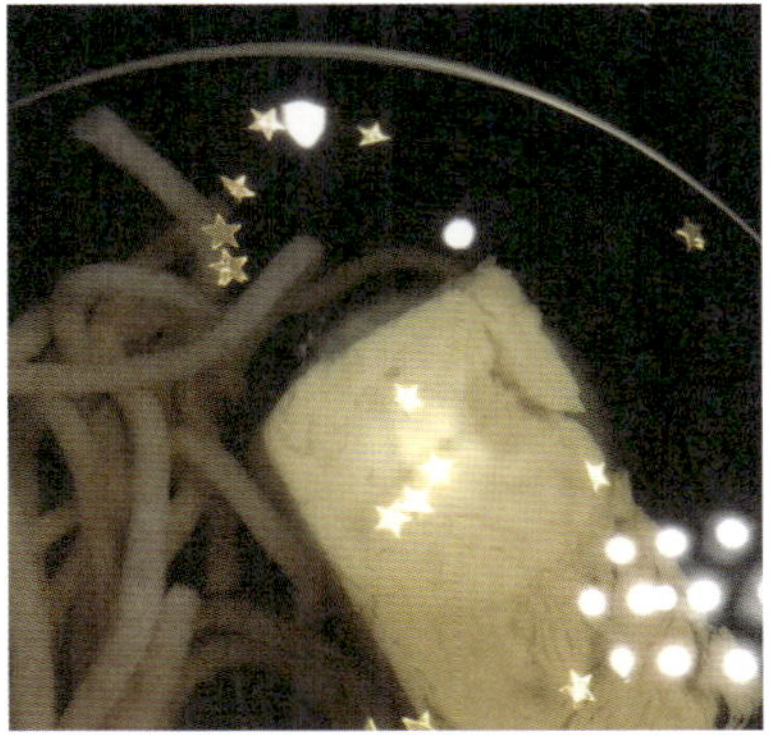

君が待つ
ぼくらの小さな家へ

あとがき

娘がまだ二歳か三歳だった頃、熱川のバナナワニ園に遊びに行ったことがある。

ワニ園には小さなコンクリートの池があり、ワニが十匹ほどいたけれど、食後なのか、やる気がなさそうに固まったままじっとして動かない。係員がデッキブラシで池の周辺を掃除していた。まるで時間が止まってしまったかのような世界で、ワニたちは眠りこけ、バナナは夏の風に吹かれてそよそよと葉をそよがせていた。

ばななさんから少しずつ送られてくる写真を見るのは楽しい時間だった。あるときは猫だったり、あるときは花だったり、またあるときは食べ物だったり異国の風景だったり。ぼくも、新しい詩が書けると、それをばななさんに送って読んでもらった。

そうして出来上がったのが『バナナタニ園』という風変わりなタイトルの本だ。この本が、忙しい日々を送っている人たちの、つかのまの心の居場所になれればいいなと思う。ささやかな日だまりか木陰の役目くらいは果たせるだろう。

ばななさん、ご協力ありがとう。文平さん、すてきな絵をありがとう。鈴木千佳子さん、今回もお世話になりました。そしてみんなの思いを本にして、世の中へと送り出してくださった松崎さんにも感謝します！

谷郁雄

谷郁雄

一九五五年三重県生まれ。
同志社大学文学部英文学科中退。
九三年、詩集『マンハッタンの夕焼け』が
第三回ドゥマゴ文学賞最終候補作に。
詩集『バンドは旅するその先へ』
(写真・尾崎世界観)、
エッセイ集『谷郁雄エッセイ集
日々はそれでも輝いて』など著書多数。

吉本ばなな

一九六四年、東京生まれ。
日本大学藝術学部文芸学科卒業。
八七年『キッチン』で第六回
海燕新人文学賞を受賞しデビュー。
著作は三〇か国以上で
翻訳出版されている。
近著に『イヤシノウタ』『下北沢について』
などがある。noteにてメルマガ
「どくだみちゃんとふしばな」を配信中。

バナナタニ園
二〇一七年二月一四日　初版第一刷発行

著　者　谷郁雄　詩
吉本ばなな　まえがき＋写真協力
発行人　松崎義行
発　行　ポエムピース
東京都杉並区高円寺南
四-二六-五　YSビル三階
〒一六六-〇〇〇三

装　幀　寄藤文平＋鈴木千佳子＋北谷彩夏
絵　寄藤文平
印刷・製本　株式会社上野印刷所

落丁・乱丁本は弊社宛にお送りください。
送料弊社負担でお取り替えいたします。

Printed in Japan
ISBN978-4-908827-18-1 C0095